ück, dann du

# Erst ich ein Stück, dann du

Annette Roeder

## Die Krumpflinge
## Egon und der Schulausflug

Erst ich ein Stück, dann du

Annette Roeder

# DIE KRUMPFLINGE

## Egon und der Schulausflug

Mit Bildern von Barbara Korthues

cbj

Bei diesem Buch wurden die durch das verwendete Material und die Produktion entstandenen $CO_2$-Emissionen ausgeglichen, indem der cbj-Verlag ein Projekt zur Aufforstung in Brasilien unterstützt.
Weitere Informationen zu dem Projekt unter:
www.ClimatePartner.com/14044-1912-1001

MIX
Papier aus verantwortungsvollen Quellen
FSC® C043106

Verlagsgruppe Random House
FSC® N001967

Wir produzieren Klimaneutral
ClimatePartner.com/14044-1912-1001
Druckprodukt



1. Auflage 2020

Neumarkter 28, 81673 München

Vermittelt durch die Literarische Agentur Barbara Küper
Umschlag und Innenillustrationen: Barbara Korthues
Illustration Serienlogo: Ute Krause
Erst ich ein Stück-Konzept: Patricia Schröder
hf · Herstellung: UK
Satz und Reproduktion: Lorenz & Zeller, Inning a. A.
Druck: Grafisches Centrum Cuno GmbH & Co. KG, Calbe
ISBN 978-3-570-17753-2
Printed in Germany

www.cbj-verlag.de
Dieses Buch ist auch als E-Book erhältlich

# Inhalt

KRUMPFBURG
2
1

# Die netteste Lehrerin der Welt

Egon Krumpfling erwartete Lulu und Albi in der Laube. Die drei Freunde verabredeten sich oft im Gartenhaus der Familie Artich. Dort konnten sie ungestört von Albis Mutter, Lulus Bruder und Oma Krumpfling miteinander spielen. Niemand außer Lulu Vogelsang und Albi Artich durfte nämlich wissen, dass die Krumpflinge sich im Keller der Artichs eine kleine Burg aus Gerümpel gebaut hatten. Und auch Oma Krumpfling, die Chefin der Krumpfling-Sippe, wäre stinkesockensauer geworden, wenn sie etwas von Egons Freundschaft mit den Kindern geahnt hätte!

Denn die kleinen Krumpflinge
hatten große Angst
vor den meisten Tieren und
vor Menschen besonders.

Sie blieben lieber unter sich, ärgerten sich gegenseitig und tranken Krumpftee aus Menschenschimpfe.
Aber eines Tages hatten sich der kleine Egon, der einzig nette Krumpfling, und Albert Artich zufällig kennengelernt[1]. Die beiden waren schnell allerbeste Freunde geworden. Seitdem schlich sich Egon beinahe täglich aus der Krumpfburg, um Albi zu treffen. Wenn dann auch noch das Nachbarmädchen Lulu dazukam, freute sich Egon. Albis Klassenkameradin hatte immer lustige Einfälle!

1 Wenn du wissen willst, was damals genau passiert ist, lässt du dir am besten „Die Krumpflinge – Egon zieht ein“ (Band 1) vorlesen! Oder: Du liest das Buch selbst!

„Wo bleiben die beiden denn?“, fragte sich Egon. Er sprach oft laut mit sich selbst. „Der Dackel von Familie Vogelsang wird die Kinder doch nicht zum Mittagessen aufgemampft haben? Diesem Untier traue ich alles zu! Ich verstehe gar nicht, warum sich die Menschen freiwillig solche Pelzwürste anschaffen.“
Nervös rannte er auf dem Monopoly-Spielfeld, das er schon aufgebaut hatte, hin und her. In diesem Moment kamen Lulu und Albi durch den Garten gelaufen.
„Mein allerliebster Egon, entschuldige die Verspätung!“, rief Albi. „Wir waren heute etwas länger in der Schule, weil wir so viel zu besprechen hatten.“
Egon sprang dem Jungen auf die Hand. Erleichtert schmiegte er sich an Albis Daumen.

„Ihr seid also keinem
bösen Tier begegnet?“,
fragte er.
„Aber eure böse Lehrerin
hat euch zur Strafe
fürs Quatschen
in einen Schuhkarton
gesperrt?“

Lulu lachte. „Nein, Egon! Das macht nur Professor Honigschwamm mit euch Krumpfling-Schülern so. Wir haben die netteste Lehrerin der Welt!"
Und Albi erklärte: „Frau Brettschneider will mit der ganzen Klasse einen Schulausflug zu einem Bauernhof machen! Sie hat uns erzählt, dass wir dort selbst Brot backen werden. Und es gibt viele Tiere, die wir streicheln dürfen."
„Tiere! Igitt! Bäh!", schrie Egon entsetzt. Er verzog das Gesicht so, dass es wie eine verschrumpelte grüne Paprika aussah. „Tiere anzufassen ist viel schlimmer, als in einer Schachtel nachzusitzen!"
„Für dich vielleicht, weil du ein Krumpfling bist", widersprach Albi und streichelte Egon über seinen Haarschöppel. „Aber ich freue mich schon riesig auf diesen Schulausflug. Denn ich liebe alle Tiere! Zu schade, dass Mama mir kein Haustier erlaubt."
Egon sprang von Albis Hand einen Salto auf den Tisch und verkündete: „Da bin ich ausnahmsweise mal einer Meinung mit deiner Mutter. Haustiere sind überflüssiger als Hausaufgaben! Sie müffeln, sind unberechenbar und das Schlimmste ist …" Er wurde himmelblau vor Verlegenheit und flüsterte: „Du könntest dein Haustier lieber haben als mich."
„Niemals!", rief Albi.

Lulu bestätigte: „Das ist so sicher wie der Pups nach dem Bohnensalat: Albi hat nichts und niemanden lieber als dich, Egon!“

„Ohhh!“, wisperte Egon. Sein Pelz färbte sich nun veilchenblau vor Freude. Er stemmte die Pfoten in die Seiten und verkündete mutig: „Wenn das so ist, werde ich mit auf diesen Bauernhof fahren. Ich muss schließlich aufpassen, dass die gefräßigen Bestien dort meinem allerliebsten Freund nichts antun!“

Albi stimmte seufzend zu.

Er wusste, dass er Egon nicht aufhalten konnte, wenn der sich etwas in seinen grünen Kugelkopf gesetzt hatte.

Aber Albi wusste ebenso, dass Egon bei solchen Gelegenheiten oft krumpfmäßigen Unfug anstellte.

Dann spielten die drei den ganzen Nachmittag Monopoly. Und obwohl Lulu beim Geldausgeben schummelte und Egon immer dann zufällig über die Würfel stolperte, wenn ihm das Ergebnis nicht passte, gewann heute Albi!

# Willkommen auf dem Bauernhof!

Endlich war der Tag des Schulausflugs gekommen! Die Sonne strahlte, wie um den Kindern und ihrer Lehrerin, Frau Brettschneider, eine besondere Freude zu machen. Auch Egon zeigte sich von seiner besten Seite. Er wollte Albi heute beschützen und nicht blamieren! Die ganze Busfahrt über lag er still zusammengerollt in Albis Kapuze. Er presste sogar sein Maul fest zusammen, als Götz durch den ganzen Bus plärrte: „Frau Brettschneider muss aufpassen, dass sie Albi nachher nicht bei den Schafen vergisst. Dazwischen wird er nämlich nicht auffallen! Mäh, Mäh!"

Götz war kein nettes Kind.
Er konnte Albi nicht leiden
und ärgerte ihn
bei jeder Gelegenheit.
Und seine Freunde
Lukas und Maxi
lachten Albi dann aus.

Doch der wollte sich die gute Laune nicht verderben lassen. Lachend sagte er zu Lulu: „Ich freue mich schon auf die Schafe. Sie sind hübscher und schlauer als so mancher unserer Mitschüler."

Da musste Egon glucksend kichern. Obwohl er sich so fest vorgenommen hatte, keinen Mucks von sich zu geben. Zum Glück dachten alle, dass das Gekicher von Lulu käme.

Nur Götz maulte: „Euch wird das Lachen noch vergehen, ihr Pupsgesichter! Wenn ihr wüsstet, was ich alles in meinem Rucksack habe …"

Nach einer Stunde Fahrt bog der Bus von der Hauptstraße ab. Der Fahrer lenkte ihn eine Allee von Apfelbäumen entlang, an einem Teich voller schnatternder Gänse vorbei und bremste schließlich in einem großen Hof. Dort wurden die Schüler und ihre Lehrerin schon von zwei jungen Bauern in lustigen Lederhosen erwartet. Der eine trug ein rot-kariertes Hemd, der andere ein blau-kariertes.

„Willkommen auf unserem Mitmach-Bauernhof!", begrüßte sie der Bauer im blau-karierten Hemd. „Ich bin der Toni, und das ist mein Mann, der Tom."

Tom verteilte an alle 22 Kinder jeweils ein Glas mit frischem Kirschsaft und ließ sich dabei ihre Namen nennen.
„Lasst es euch schmecken und stärkt euch! Ihr müsst heute nämlich kräftig zupacken!“, sagte er.
„Wir haben in der Schule gelernt, dass Kinderarbeit verboten ist!“, rief Götz frech.

Toni lachte.
„Aber Spaß zu haben,
ist erlaubt, oder nicht?“,
fragte er.
„Uns macht
unsere Arbeit großen Spaß.
Und euch bestimmt auch!“

„Am Nachmittag werden wir Brot backen, das ihr für eure Familien mit nach Hause nehmen könnt“, erklärte Tom. „Während ich das Backhaus einheize und den Teig vorbereite, zeigt euch Toni die Ställe. Dann veranstaltet er mit euch einen kleinen Wettbewerb. Der Gewinner darf eine Runde auf unserem Haflinger-Pferd Bartl reiten.“

Er deutete auf
eine zweigeteilte Tür
im Stallgebäude.
Durch die obere,
offene Hälfte streckte
ein wunderschönes Pferd
seinen semmelbraunen Kopf.
Es wieherte.

Die Locken-Anna quietschte. „Hört ihr? Bartl ruft: Anna, du sollst auf mir reiten!"
Philomena sagte: „Ich liebe Pferde auch! Am meisten die mit einem Horn auf der Stirn!"
Götz meinte großspurig: „Tut mir leid, Mädels, den Preis werde natürlich ich gewinnen. Dann jage ich mit dem Gaul über die Koppel wie ein Cowboy. Ich bekomme doch auch ein Lasso?"
„Warten wir einfach mal ab, wer beim Wettbewerb am besten abschneidet!", antwortete Frau Brettschneider mit einem breiten Grinsen.

„Wenn das nur ich wäre“, flüsterte Albi über die Schulter Egon in der Kapuze zu. „Ich würde zu gerne einmal auf so einem großen, schönen Pferd sitzen. Das muss ein herrliches Gefühl sein!“

Egon riss erstaunt seine Glupschaugen auf. „Krumpfgütiger Himmel, Albi, du bist ja verrücklicht! Dieses Monster ist bestimmt eine Kreuzung aus einer

gierigen Giraffe und einem niederträchtigen Nilpferd!", antwortete er leise in Albis Ohr.
Albi musste lachen. „Quatschquaddel, Egon! Das Pferd ist groß, aber sicher ganz brav! Sonst würden die Bauern uns doch gar nicht darauf sitzen lassen", beruhigte er Egon. Dann fügte er etwas traurig hinzu: „Außerdem musst du dir keine Sorgen um mich machen. Bei Wettbewerben und Verlosungen habe ich sowieso immer Pech!"

„Das war vielleicht so!",
antwortete Egon geheimnisvoll
und kratzte sich den herzförmigen Fleck
auf seinem Brustfell.
„Bevor du einen Krumpfling
zum Freund hattest!"

# Das Killer-Kaninchen greift an

„Alle Jungbauern und Jungbäuerinnen bitte zu mir!“ Mit diesen Worten trommelte Toni die Kinder zusammen. Zuerst erklärte er ihnen, wozu die vielen Gebäude dienten: „Das ist unser Wohnhaus. Dort hinten schürt Tom gerade den Ofen vom Backhaus ein. Unter dem Walnussbaum auf dem langen Tisch werden wir

nachher die Brotlaibe formen. Daneben stapeln wir unser Brennholz. Und etwas entfernt seht ihr das Bienenhaus. Hier in der Scheune lagern wir Heu und Stroh für den Winter. In der Garage steht der Traktor."

Sie gingen an einem großen Gebäude aus Holz entlang, durch dessen gekippte Fenster Vögel herein- und herausflitzten.

„Und hier sind die Ställe. Habt ihr die Schwalben bemerkt?", fragte Toni. „Sie gelten als Glücksbringer. Wollen wir jetzt die Kaninchen besuchen?"

Und ob die Kinder das wollten!
Gemeinsam spazierten sie
zu einem abgezäunten Gehege,
in dem die Kaninchen frei
herumhoppeln konnten.

Toni öffnete ein kleines Tor im Zaun, indem er einen Riegel zurückschob, und ließ die Kinder hinein. Dabei passte er gut auf, dass kein Kaninchen nach außen witschte. Während Götz und seine Freunde sofort

losrannten, um ein Kaninchen zu fangen, setzten sich Albi und Lulu einfach etwas abseits in die Wiese und beobachteten die Tiere.

Egon lugte neugierig aus der Kapuze hervor. Prompt näherte sich ihnen ein dunkelgraues Kaninchen mit weißen Flecken am Kopf und am Bauch und einem lustigen Schlappohr. Es schnupperte vorsichtig an Albis Arm und kitzelte ihn mit seinen Barthaaren.

Dann stellte sich das Kaninchen plötzlich auf die Hinterläufe, stützte sich mit den Vorderpfoten an Albis Rücken ab und stupste mit seiner Schnuffelnase an die Kapuze.

Bestimmt hatte es bemerkt, dass darin ein anderes kleines Pelzwesen hockte!
„Hi-Hilfe! Ha-Hasenattacke“, kreischte Egon erschrocken.
Götz, Maxi und Lukas, die Egons Aufschrei gehört hatten, prusteten los. Sie dachten natürlich, das wäre Albi gewesen!
„Albi Angsthase fürchtet sich vor dem Kaka-Nininchen!“, rief Lukas.
Bevor Albi sich verteidigen konnte, bestätigte Egon lautstark: „Das Killer-Kaninchen wollte mich auffressen!“
Götz und seine Freunde brüllten erneut los vor Lachen. Wieder dachten sie, Albi hätte gesprochen. Zum Glück mischte sich nun Toni ein. Er sagte: „Ich wäre froh, wenn alle Kinder hier so umsichtig mit den Tieren umgingen wie euer Klassenkamerad Albi!“

Albi lächelte dankbar über dieses Lob. „Ich hätte zu gerne ein Kaninchen, um das ich mich kümmern könnte."
Toni klopfte Albi auf die Schulter. Aber dann wandte er sich mit einem strengen Blick an Götz: „Und du hörst sofort auf, die Ohren von unserem Mümmel lang zu ziehen! Ich möchte keine Schleifen daraus binden!"
Götz ließ die Ohren eines schwarzen Kaninchens los und steckte verlegen die Hände in die Hosentaschen.
Albi war froh, dass nun alle auf Götz schauten. Er bereute jetzt doch ein bisschen, dass er Egon mitgenommen hatte. Der Krumpfling brachte ihn immer wieder in die peinlichsten Situationen!
„Schrei bitte nicht so, Egon! Du musst wirklich keine Angst haben", versuchte Albi seinen Freund zu beruhigen. „Kaninchen fressen nur Grünzeug!"
„Eben!", quietschte Egon jetzt zumindest leise.
„Ich bin doch grün!"
Er fuchtelte mit den Pfoten, um das aufdringliche Kaninchen zu vertreiben.
„Aber du bist ein Krumpfling und kein Salatkopf." Albi lockte das kleine Kaninchen mit einem Löwenzahnblatt zurück auf

seinen Schoß. „Schau doch, wie süß es ist. Wenn ich es nur mitnehmen könnte!“

„Ich finde es sehr hässlich“, widersprach ihm Egon eifersüchtig. „Es hat zwei Hackezähne, komische lange Ohren und ist voller Haare!“

Jetzt musste Lulu lachen. „Du, Egon, bis auf die Fellfarbe ist dir das Kaninchen ziemlich ähnlich!“, sagte sie. Mit einem „Pff! Krumpfkrams!“ verkrümelte sich Egon schnell in die Kapuze seines besten Freundes.

# Krawall im Hühnerstall

Die Kinder trennten sich nur schwer von den Kaninchen. Aber Bauer Toni drängte zur Eile. „Wir haben noch so viel vor, ihr Lieben! Ein Tag ist viel zu kurz. Das nächste Mal müsst ihr uns für eine Woche besuchen."

Er führte die Klasse zu einem Holzschuppen, der mitten in einer Wiese mit Obstbäumen stand.

Überall liefen Hühner herum,
kratzten mit den Krallen im Gras
und pickten nach Regenwürmern.
Andere lagen aufgeplustert
in der Sonne.

„Da seht ihr unseren Hühnerstall. Wir haben 62 Hennen und einen Gockel. Und hier beginnt nun auch unser Wettbewerb. Die erste Aufgabe lautet …“
Toni machte eine geheimnisvolle Pause.
„Wer als Erster ein Hühnchen gerupft hat?“, fragte Götz. „Das bin ich!“
Er sprang mit beiden Füßen knapp hinter eine braune Henne, die im Sand badete, und klatschte dabei in die Hände.
Das Huhn flatterte auf und rannte laut gackernd davon.
Götz schlug sich lachend auf die Schenkel. „Du dumme Henne, bist sogar zu blöd zum Fliegen!“
„Wer hier blöd ist, ist ja wohl klar!“, fuhr Albi Götz wütend an. „Wenn du noch einmal ein Huhn ärgerst, bekommst du Ärger mit mir!“
„Psst!“, mischte sich Lulu ein. „Toni erklärt jetzt die Aufgabe!“
„Unsere Hühner dürfen überall auf dem Hof und den Wiesen herumlaufen“, sagte Toni. „Deswegen verstecken sie auch überall ihre Eier – oft besser als der Osterhase.“
Er nahm von einer Bank vor dem Schuppen kleine Körbe und verteilte sie an die Kinder.

„Ihr dürft überall suchen.
Für jedes Ei, das ihr findet,
bekommt ihr einen Punkt!
Wenn ich mit der Kuhglocke läute,
sind 15 Minuten vorbei, und
ihr müsst hierher zurückkommen."

„Strengt euch an, Kinder, nur eine oder einer kann den Ritt auf Bartl gewinnen!", feuerte Frau Brettschneider ihre Schüler an.
Und dann gab Toni das Startzeichen! Alle Kinder stoben los, wie zuvor das aufgeschreckte Huhn. Nur Albi und Lulu sahen sich um und überlegten, wo sie am besten mit der Suche beginnen sollten.
In diesem Moment rannte ein panisch gackerndes Huhn an ihnen vorbei, dicht gefolgt von Götz. Er hatte eine Steinschleuder in der Hand und zielte im Lauf auf das Tier.
Albi sprang Götz in den Weg und drohte: „Wag es nicht, dem Huhn wehzutun!"
„Aus der Bahn, du Blödian!", schrie Götz und prallte gegen Albi.

Die beiden Jungen purzelten in die Wiese. Dabei ließ Götz die Steinschleuder fallen. Albi schnappte sie sich. Es gab ein Gerangel. Aber ohne seine Freunde war Götz ein Schwächling. Er konnte sich gegen Albi nicht durchsetzen. Verärgert gab er auf und trollte sich. Das Huhn hatte sich längst in Sicherheit gebracht. Albi steckte Götz' Steinschleuder in seinen Rucksack und klopfte sich das Gras von der Hose.

Bewundernd sagte Egon: „Oooh, Albi! Du bist ja ein krumpfgroßer Held!"

Lulu nickte.

„Ach was, ich mag es nur nicht, wenn man Tiere ärgert", antwortete Albi. „Aber jetzt haben wir kostbare Zeit verloren! Viele Eier werden wir nicht mehr finden!"

„Ich bin der allerbeste Ober-Eier-such-Egon! Ich helfe dir! In der Wiese sieht mich ja keiner", sagte Egon und sprang mit einem Satz aus Albis Kapuze.

„Moment! Es ist nicht fair, wenn du für mich mitsuchst!", rief ihm Albi nach.

Doch da war Egon schon im hohen Gras verschwunden.

„Wart erst mal ab, ob dein Krumpfling überhaupt ein Ei findet", beruhigte Lulu Albi. Dann schlug sie vor: „Wir sollten zuerst im Hühnerstall nachsehen!"

Albi fand die Idee gut und folgte Lulu in den Stall. Doch auch Franz und Arif waren auf die Idee gekommen, dort zu suchen. Beide hatten schon jeweils zwei Eier in ihren Körbchen.
„Beim Holzstoß habe ich vorhin auch Hühner beobachtet“, raunte Albi Lulu zu. Die beiden liefen los. Tatsächlich fand Albi zwischen den aufgeschichteten Scheiten ein Gelege mit sechs Eiern! Und Lulu wäre beinahe auf ein Ei getreten, das neben einem zweiten hinter dem Stapel im Sand lag. Die Kinder jubelten über ihre Beute!

In der Zwischenzeit
raste Egon herum
wie von der Hornisse
gestochen. Er wollte unbedingt
auch ein Ei finden, das er
Albi dann schenken könnte.

Aber für den kleinen Krumpfling, der gerade mal so groß wie ein Bleistift ist, war das riesige Gelände schwer zu überblicken. Schließlich hatte er einen guten Einfall: Er folgte einfach dem „Kikerriii" des Hahns und landete so im Gemüsegarten. Tatsächlich scharrten hier auch einige Hühner in der Erde. Aber bevor Egon nun weitersuchte, musste er erst mal eine Pause machen. Völlig erschöpft setzte er sich zwischen die Salatköpfe und lehnte sich zurück. Dabei beobachtete er Götz, Lukas und Maxi, die plötzlich hinter den Tomatenpflanzen auftauchten.
„Alter!", rief Lukas. „Ich habe schon mein viertes Ei!"
Götz verzog säuerlich das Gesicht. „Und ich habe erst eines!"
Als Egon mitbekam, was als Nächstes passierte, schlackerte er empört mit den Löffelohren. Götz zog einen

Geldbeutel aus seinem Rucksack und bot Lukas an: „Ich gebe dir zwei Euro für deine vier Eier!"
„Der Handel gilt! So viel zahlt meine Mama nicht mal im Biomarkt!", rief Lukas und grapschte nach dem Geld. Götz legte dafür die vier Eier von Lukas zu seinem Ei in den Korb. Ein schepperndes Gebimmel ertönte.
„Vermalefizericht!", jammerte Egon. „Jetzt ist die Zeit vorbei und Egon Krumpfling hat kein Ei gefunden!"
Er rappelte sich auf. Dabei sah er erst, woran er sich die ganze Zeit gelehnt hatte: an ein großes hellbraunes Hühnerei!
„Egon Krumpfling, du bist ein geniales Glücksrüsselkäferchen!", lobte sich Egon selbst.

Vorsichtig drückte er das Ei
an seinen Kugelbauch
und joggte los.
Mit der zerbrechlichen Last
konnte er natürlich nicht
sehr schnell rennen.
So kam er als Letzter
am Treffpunkt an.

Alle Schüler standen bereits in einer Reihe vor Toni. Philomena zeigte dem jungen Bauern gerade ihre Fundstücke.

„Drei Stück, gar nicht schlecht!", rief Toni und notierte die Zahl in einer Liste.

Albi wartete mit Lulu am Ende der Schlange.

„Guck mal, Albi, ich hab noch ein Ei für dich!", quietschte Egon stolz und hopste mit einem gewaltigen Satz direkt in Albis Korb. Es war ein knirschendes Geräusch zu hören … Und dann spürte Egon, dass sein Popo seltsam feucht wurde!

# Tonis Tier-Quiz

Von den sechs Eiern, die Albi gefunden hatte, waren drei zermatscht! Egon ließ betroffen die Löffelohren hängen.
„Dabei wollte ich dir doch helfen“, sagte er unglücklich. Von seinem Pelz tropfte die Eierpampe. „Bist du jetzt wollwarzenwütend auf mich?“
„Nein, du hast es ja nur gut gemeint“, tröstete ihn Albi. Aber natürlich war er enttäuscht.
Lulu bot Albi an, ihm ihre beiden Eier zu geben. „Damit gewinne ich sowieso keine Metalle. Und mit Egons Ei hast du dann wieder genau sechs Eier wie zuvor!“

„Nein, danke!“, lehnte Albi ihr großzügiges Angebot ab. „Ich fände es einfach nicht gerecht, mit fremden Eiern zu gewinnen!“

Götz dagegen hatte kein Problem damit, die Eier von Lukas als seine auszugeben. Voller Stolz stellte er seinen Korb vor Toni.
Der zählte zweimal, pfiff durch die Zähne und sagte schließlich: „Alle Achtung! Fünf Eier. Das hat noch kein Kind in der kurzen Zeit geschafft!"
Nachdem alle Schüler ihre Eier abgegeben hatten, überprüfte er seine Liste und verkündete: „Götz Kurz liegt mit fünf Punkten in Führung!"
„Und die Führung wird mir keiner nehmen! Weil ich der Champion bin!"
Götz reckte die Fäuste in die Luft. Alle applaudierten. Nur Egon, der inzwischen wieder in Albis Kapuze hockte, zischte vor sich hin: „Bäh! Dieses Eigenlob stinkt wie Froschfürzlein!"
Toni rief: „Na, dann schauen wir mal, ob sich unser Eier-Champion auch gut mit Tieren auskennt! Als zweite Aufgabe teile ich euch jetzt nämlich unser berüchtigtes Tier-Quiz aus! Es gibt vier Fragen mit jeweils drei Antworten. Aber nur eine ist die richtige!"
Die Kinder holten sich die Fragebögen und Stifte bei ihm ab. Dann begannen sie zu rätseln.[2]

2 Möchtest du auch miträtseln? Wenn du einen Kopfstand machst, kannst du auf Seite 36 die Lösungen lesen.

## TONIS QUIZ

### Warum wälzen sich Schweine im Schlamm?

1. Weil sie sonnengebräunte Haut uncool finden und keine Sonnencreme haben!
2. Weil sie von Schmetterlingen ohne die Schlamm-Tarnung für rosa Blumen gehalten und nach Nektar abgesucht werden. Das kitzelt!
3. Weil sonst der viel gebrauchte Begriff „Dreckschwein“ nicht richtig wäre!

### Warum kauen Kühe den ganzen Tag?

4. Weil es keine so großen Zahnbürsten gibt und die Bauern den Kühen Zahnputzkaugummis geben!
5. Weil die Kuh keine Daumen hat, mit denen sie Besteck halten kann. Aber irgendwie muss sie das harte Gras für ihre vier Mägen ja zerkleinern!
6. Weil Kühe immer und überall essen und sich für ihren Bauchumfang zum Glück nicht schämen!

## Warum fressen Hühner kleine Steine?

7. Weil darauf fette Steinläuse sitzen – ein besonderer Leckerbissen für Hühner!
8. Weil Hühner keine Zähne haben und die Steine anstelle eines Gebisses benutzen!
9. Weil Hühner die Augen seitlich am Kopf haben und nicht sehen, was sie alles aufpicken!

## Warum tanzen Bienen?

10. Weil Bienen sehr musikalisch sind – sie summen ja auch den ganzen Tag!
11. Weil sie ihrer Königin, die immer im Bienenstock bleiben muss und sich dort langweilt, eine Freude machen wollen!
12. Weil sie keine Landkarten haben und durch den Tanz den anderen Bienen am besten zeigen können, wo es gute Sammelstellen für Nektar gibt!

Lösungen: 1., 5., 8., 12.

Dieses Quiz war wirklich schwer! Den Kindern rauchten die Köpfe. Nur Albi hatte schon viel über Tiere gelesen. Er kannte sich so gut aus, dass er alle Fragen sicher beantworten konnte. Voller Bewunderung beobachtete Egon, wie sein Freund den fertig ausgefüllten Bogen zu Toni zurückbrachte. Als Erster! Der kleine Krumpfling drückte die Daumenkrallen, dass Albi keinen Fehler gemacht hatte.

# Besuch bei Erna und Ilse

Tatsächlich war Albi nicht nur der Schnellste gewesen, sondern hatte auch als Einziger alle richtigen Antworten angekreuzt! Doch auch Götz schnitt gut ab. Er wusste zwar selbst nichts über Tiere, hatte aber von Sinja abgeschrieben.

Toni berechnete den neuen Punktestand und rief: „Wie spannend! Nun liegen sogar zwei Kinder in Führung: Götz Kurz und Albi Artich."

Maxi, Lukas und wenige andere Schüler klatschten für Götz, der Rest der Klasse applaudierte für Albi.

In dessen Kapuze strampelte Egon
vor Freude mit den Füßen
und feuerte seinen Freund an:
„Albi, du bist krumpflich dolle,
zeig's der doofen Götziknolle!"
Zum Glück fiel sein Jubelgesang
im allgemeinen Lärm
nicht weiter auf!

Frau Brettschneider gelang es kaum, die Kinder wieder zu beruhigen.
„Ruhe bitte! Wir wollen doch herausfinden, wie dieses Kopf-an-Kopf-Rennen ausgeht!"
Toni schmunzelte. „Das werden jetzt gleich unsere Freundinnen Erna und Ilse entscheiden. Sie warten schon im Kuhstall auf euren Besuch."
Das wurde ja immer toller! Die Kinder staunten nicht schlecht, als sie Erna und Ilse kennenlernten: Es waren lebensgroße Holzkühe mit Gummi-Eutern!
„An solchen Eutern lernt man auf der Landwirtschaftsschule richtig zu melken!", erklärte Toni.

Götz rief: „Man muss doch nur an den Zitzen ziehen, dann sprudelt die Milch! Ich kann das längst.“

Frau Brettschneider zog zweifelnd die Augenbrauen hoch und sagte: „Wie heißt es so schön? Hochmut kommt vor dem Fall! Ich lasse mir das Melken gerne zeigen.“

Toni führte ihr und den Kindern vor, wie man zwei Zitzen abwechselnd mit den Fingern von oben nach unten drücken musste, ohne daran zu ziehen. Bei ihm sprudelte die Milch nun wirklich wie aus dem Wasserhahn in den Eimer.

Aber als dann die Schüler dran waren, merkten sie, dass das Melken sehr schwierig war. Bei vielen kam nämlich gar nichts aus dem Euter. Arif schaffte immerhin knapp 100 Milliliter und Sinja dann sogar 115 Milliliter.

Als Lulu dran war, tröpfelte nur wenig Milch in ihren Eimer.

Sie sagte: „Jetzt weiß ich, warum ein Milli-Liter nur so wenig wie ein Mausespucker ist. Diese Einheit kommt vom Wort Milch!“

Götz und Albi durften sich als Letzte an Erna und Ilse setzen. Albi passte immer sehr gut auf, wenn Erwachsene ihm etwas erklärten. Daher stellte er sich wirklich geschickt an.

Denn er hatte sich gemerkt, dass man mit Daumen und Zeigefinger einen festen Ring bilden muss, damit die Milch nicht nach oben zurück ins Euter läuft. Auf diese Weise melkte er sogar noch etwas besser als Sinja! Götz dagegen hatte mal wieder nur angegeben. Bei ihm kam kein Tröpfchen!

„Albi wird gewinnen!“, jubelte Lulu schon im Voraus. Aber plötzlich schoss auch bei Götz die Milch in den Eimer wie zuvor nur bei Bauer Toni. Albi schielte nervös zu Götz. Dabei spritzte er aus Versehen eine Ladung Milch auf Frau Brettschneiders Schuhe. Doch

die bemerkte das gar nicht, denn auch sie starrte jetzt ganz gebannt auf Götz.
„Bei Opa Krumpflings Propeller-Flug, das geht doch nicht mit rechten Dingen zu!“, flüsterte Egon. „Detektiv Egon Krumpfling muss dieses Milch-Wunder genauer untersuchen.“
Ohne Albis Erlaubnis abzuwarten, kletterte er aus dessen Kapuze. Gut geschützt durch eine dicke Strohschicht wuselte er unter Holzkuh Erna. Aus der Nähe erkannte Egon sofort, warum Götz plötzlich so erfolgreich molk: Er hatte ein Loch in das Gummi-Euter gestochen! Die Tatwaffe, ein Reißnagel, lag genau vor Egons Schnuffelschnauze auf dem Eimerdeckel!
„Bei Oma Krumpflings Lockenwicklern!“, flüsterte Egon empört. „Das würde ja nicht mal dem bösesten aller Krumpflinge einfallen!“
Aber was sollte er jetzt tun? Er konnte nicht einfach zum Bauern laufen und ihm sagen, dass Götz ein gemeiner Betrüger war!
„So“, sagte Toni in diesem Moment. „Die drei Minuten sind um.“
Götz steckte schnell den Reißnagel in das Loch, um den Milchstrahl zu stoppen. Dann präsentierte er voller Stolz seinen vollen Eimer. Albi hatte dagegen hatte nur einen Dreiviertel Liter geschafft.

Frau Brettschneider klatschte. „Du bist ja wirklich ein Melk-Talent, Götz!“, rief sie. „Das hatte ich dir gar nicht zugetraut, entschuldige!“
„Damit steht der Gewinner des Bauernhof-Wettbewerbs eindeutig fest“, bestätigte Toni.

Egon sah aus seinem Versteck,
dass Albi bei diesen Worten
die Tränen in die Augen stiegen.
Er wusste genau, wie sich
sein Freund jetzt fühlte.
So kurz vor dem Ziel
eine Niederlage einzustecken,
war furchtbar!

Egons Herz zog sich vor Mitleid zusammen. Und dann hatte er eine gute Idee. Alle umringten nun Götz, der sich stolz auf die Brust trommelte. Da achtete keiner auf den kleinen Krumpfling im Stroh. Egon kletterte an Ernas Hinterbein nach oben und hangelte sich zum Euter. Dort lockerte er den Reißnagel im Gummi. Sofort plätscherte die Milch von Neuem los. Dann hopste Egon zu Lulu auf die Schulter und zeigte ihr den Milchbach.

„Wie kann das sein?" Lulu lief zu Toni und zupfte ihn am Ärmel. „Schau mal! Die Milch strömt bei Erna von ganz alleine!"

Verwundert untersuchte Toni die Ursache für den plötzlichen Milch-Regen. Schnell entdeckte er dabei den Reißnagel. Dass sich dieser nicht von alleine in das Gummi-Euter gepikst hatte, war ja wohl klar …

Egon spitzte die Löffelohren und hörte, wie Toni leise zu Götz sagte: „Wir werden später mit deiner Lehrerin reden und gemeinsam überlegen, wie wir mit dem Schaden umgehen."

Er stellte einen leeren Eimer unter das tropfende Euter und steckte den Reißnagel in die Hosentasche. Dann rief er so laut, dass es alle gut hören konnten: „Der Gewinner unseres Mitmach-Wettbewerbs ist … Albert Artich!"

# Albi pupst

Die ganze Klasse
und Frau Brettschneider
jubelten nun Albi zu,
dass der Kuhstall wackelte.

Zum Glück waren die echten Kühe bei dem schönen Wetter auf der Weide. Und die beiden Holzkühe Erna und Ilse störten sich nicht an dem fröhlichen Lärm!
„Gratuliere!", sagte Toni und schüttelte Albi die Hand. „Diesen Sieg hast du dir wirklich verdient! Wir haben hier viele Schulklassen zu Besuch. Aber selten gehen Kinder so liebevoll mit unseren Tieren um wie du."
Auch Tom freute sich von Herzen für Albi. Er hatte inzwischen den Brotteig fertig geknetet und in einer großen Schüssel auf den Tisch unter dem Walnussbaum gestellt. Nun wartete er im Hof auf die Kinder-Horde.

Und neben ihm stand,
glänzend gebürstet
und gesattelt,
der Haflinger Bartl!
Begeistert streichelten
Locken-Anna und Philomena
das Pferd. Da schubste
Götz sie zur Seite.

„Aus der Bahn, lasst mich mal ran! Ich habe immerhin den zweiten Platz beim Wettbewerb belegt, darum darf ich neben Bartl stehen.“
Albi fühlte sich glöckchenglücklich. Denn er war derjenige, der jetzt gleich auf Bartl reiten durfte! Seine Backen leuchteten wie die roten Äpfel von Tom und Toni.

„Es ist das erste Mal, dass ich etwas gewinne!“, erklärte er Lulu und Egon nun schon zum dritten Mal. Er gab Lulu seinen Rucksack zur Aufbewahrung.

Der kleine Krumpfling
grinste zufrieden
von einem Hackezahn
zum anderen.
Er hatte Albi schließlich
zu diesem Sieg verholfen!

Als sich Albi aber nun dem riesigen Pferd näherte, verging Egon das Grinsen.
„Krumpflingsregel Nummero 33. Halte Abstand zu allem, was vier Beine hat und schnauft“, flüsterte er Albi zu. „Tschau mit Au, ich verzupfel mich lieber.“
Egon hopste auf Lulus Schulter und versteckte sich unter ihren Haaren.
Von diesem sicheren Platz aus beobachtete er bibbernd, wie sein Freund von Bauer Toni eine Reitkappe aufgesetzt bekam.
Dann bat Tom die Kinder, sich mit etwas Abstand von Bartl aufzustellen.

„Hast du etwa Radieschen in den Ohren?“, fragte Frau Brettschneider Götz, der dicht neben dem Haflinger stehen blieb. „Du glänzt heute wirklich nicht durch gutes Benehmen. Hör auf, am Sattel zu ziehen, und komm sofort zu mir rüber.“
Schief lächelnd folgte Götz der Lehrerin. Egon zog Lulu nervös am Ohrläppchen, als Tom Albi nun neben Bartl in die Höhe hob. Albi steckte die linke Fußspitze in den Steigbügel und schwang das rechte Bein über den Sattel.

„Oh Krumpfgütiger,
Albi wird doch nicht
auf der anderen Seite
runterfallen?“, wisperte Egon.
„Keine Sorge!
Albi hat alles unter Kontrolle“,
beruhigte ihn Lulu.

Langsam ließ sich Albi in den Sattel sinken. Doch anscheinend hatte Lulu sich getäuscht. Albi hatte nicht alles unter Kontrolle. Denn in diesem Moment ertönte aus dem Sattel ein sehr lauter … sehr langer … PUPS!

# Egon greift an

Albi wurde im ganzen Gesicht rot wie eine Ampel. Das Gelächter der Kinder schallte über den Hof.
„Das stinkt ja schon beim Zuhören, Alter!“, rief Lukas.
Bartl legte die Ohren nach hinten und hob den Vorderhuf, als wollte er loslaufen. Tom zog den Zügel straff und rief „Ho!“. Das große Pferd stellte den Huf brav wieder ab.
„Jedes Böhnchen ein Tönchen! So was kann jedem passieren!“, tröstete Tom Albi.
Aber Albi schüttelte den Kopf. „Aber der Pups kam gar nicht von mir“, verteidigte er sich.
„Hm. Unser Bartl pupst aber eine Tonlage tiefer!“, meinte Tom. „Das Geräusch erkenne ich im Schlaf.“
„Es kam auch nicht von Bartl. Der Sattel hat gepupst!“, sagte Albi beharrlich.
„Der Sattel? Liegt er etwa nicht richtig auf?“ Tom fasste mit der Hand unter den Sattel … und zog ein Pupskissen hervor! „Da haben wir ja den Übeltäter!“, rief er.
Die Kinder lachten nun noch lauter als zuvor. Götz klatschte Maxi ab.
„Scherz gelungen, check ein!“

„Götz, du hattest ein Pupskissen in deinem Rucksack?“
Frau Brettschneider schüttelte den Kopf, aber dann musste auch sie ein bisschen kichern. Und schließlich lachten sogar Toni und Tom mit.

Als Egon das sah, platzte ihm das Kragenfell. „Dieser popelkleine Scherzkekskrümel hat meinen Albi vor allen anderen lächerlich gemacht“, zischte er. „Das schreit nach blutwurstroter Rache!“
Er musste nicht lange nachdenken, wie diese Rache aussehen sollte. Wenn jemand zu seinem besten Freund Albi böse war, dann konnte selbst der gutmütige Egon zu einem richtig fiesen Krumpfling werden! Er hangelte sich an Lulus Jacke nach unten und grapschte sich Götz’ Steinschleuder aus Albis Rucksack. Mit seiner Beute rollte er wie ein Kugelblitz zu dem langen Tisch unter dem Walnussbaum. Dort hatte Tom den Brotteig bereits in kleine Portionen für die Kinder eingeteilt und mit einem Leinentuch abgedeckt. Egon kletterte schnell am Tischbein nach oben,

schnappte sich den ersten Teigbatzen, legte ihn in den Gummi der Steinschleuder … und zielte auf den gruselbösen Götz. Er traf dessen Knie. Götz bemerkte es leider gar nicht. Das ging bestimmt besser. Die zweite Ladung erwischte Götz an der Schulter. Der Junge fasste an die Stelle und starrte mit einem „Igitt! Vogelkacka!“ auf seine klebrigen Finger. In diesem Moment landete auch der dritte Brotteig-Klumpen mitten im Gesicht des Übeltäters!

# Ein Volltreffer und viele Folgen

Egon hatte diesmal sehr gut gezielt. Volltreffer! Der dritte Teigbatzen verteilte sich über Götz' Mund, Nase, seine Stirn und beide Augen!
„Bienenbestien! Killerkaninchen! Halunkenhühner! Sie gehen auf mich los!", kreischte Götz „Ich wurde geblendet! Aaaah!"
Er heulte los wie eine Alarmanlage!

Egon kicherte.
Doch seine Schadenfreude
blieb ihm schnell
im Hals stecken, als er sah,
was als Nächstes passierte:

Durch Götz' Geschrei erschrak Bartl so sehr, dass er aus dem Stand einen kleinen Sprung machte. Doch Albi klammerte sich schnell mit beiden Händen an der Mähne fest und hielt sich so im Sattel!
„Ho!", sagte Tom, um Bartl zu beruhigen. Doch diesmal konnte er das große Pferd nicht halten. Der Zügel rutschte ihm aus der Hand und Bartl galoppierte los.

Alle Kinder stoben auseinander. Nur Götz bekam nichts mit. Er stand da und versuchte den Teig aus seinen Augen zu reiben. Bartl lief direkt auf ihn zu. „Vorsicht!“, rief Frau Brettschneider. Beherzt sprang sie nach vorne und schob Götz schnell zur Seite, bevor er von Bartl umgerannt wurde. Götz landete weich – mitten im Misthaufen!
Tom, der hinter Bartl hergelaufen war, erwischte nun endlich den losen Zügel. Der Haflinger blieb sofort stehen. Alle atmeten auf. Das war gerade noch mal gut

gegangen! Oder etwa doch nicht? Was machte Albi denn! Als sich Bartl bewegte, hatte der Junge sich so gut im Sattel gehalten. Aber auf den plötzlichen Stopp war er nicht gefasst. Er verlor das Gleichgewicht und kippte nach vorn über die Schulter des Pferdes.

Mit der Hand versuchte er noch,
den Fall zu bremsen.
Doch der Boden war hart.
Albi biss die Zähne zusammen,
als er unsanft landete.
Auweia, sein Arm tat so weh!

## Albi ist untröstlich

Frau Brettschneider ließ Götz, den sie gerade aus dem Misthaufen ziehen wollte, zurück in die miefende Matsche fallen. Mit einem Satz hechtete sie zu Albi. Sie war noch vor Toni, der von der anderen Seite heransprang, bei ihm. Gemeinsam untersuchten sie den Jungen vorsichtig. Offensichtlich hatte er sich bei dem Sturz nur das Handgelenk verletzt. Wie die beiden Erwachsenen vermuteten, war es nicht gebrochen, aber verstaucht.

„Glück im Unglück!“,
sagte Toni erleichtert.
„Das hätte viel schlimmer
ausgehen können!
Wir legen dich am besten
im Haus aufs Sofa,
damit du dich
erholen kannst.“

Er trug Albi vorsichtig in die Wohnstube. Seine Freundin Lulu durfte ihn begleiten. Egon, dem vor Schreck die Haare in alle Richtungen abstanden, nutzte das allgemeine Durcheinander und schlich ihnen nach. Als er seinen besten Freund dann auf dem Sofa liegen sah, presste er die Pfoten auf den Herzchenfleck in seinem Brustpelz. Der Anblick war zu schrecklich! Bleich wie Quark schimmerte Albis hübsches Gesicht!

„Die Blässe kommt bestimmt vom Schock", meinte Frau Brettschneider und strich Albi über die Stirn.

„Meine Ma hat sich mal beim Trampolinspringen die Schulter gebrochen und hatte dann ein Kreislochversagen!", wusste Lulu zu berichten.

Albi schüttelte den Kopf. „Keine Sorge", sagte er. „Mir geht es gut!"

Bislang hatte er keine einzige Träne geweint. Obwohl sein Handgelenk ziemlich wehtat!

„Trotzdem sollten wir auf Nummer sicher gehen", mischte sich nun Toni ein. „Es wäre das Beste, wenn Albi möglichst bald von einem Arzt untersucht würde!"

Frau Brettschneider war derselben Meinung. „Ich werde bei Frau Artich anrufen und ihr alles erzählen. Sie muss leider kommen und ihren Sohn hier abholen."

Als er das hörte, begann Albi nun doch bitterlich zu weinen! Viel schlimmer als der Schmerz war nämlich, dass er nun nicht mehr reiten durfte. Und das Brotbacken würde er auch verpassen!

Da konnte ihn nicht einmal der Anblick von Götz aufmuntern, der jetzt von Tom ins Zimmer gebracht wurde. Von Kopf bis Fuß klebten an Götz Stroh, Mist und eine komische mehlige Masse.

„Was wollen wir mit dem Burschen hier machen?“, fragte Tom. „Er müffelt so, dass keines von den Kindern neben ihm sitzen möchte. Seltsamerweise ist er nicht nur voller Kuhfladen, sondern auch voll mit Brotteig!“

Lulu hielt sich sofort die Nase zu. „Gibt es auf dem Hof tollwütende Eichhörnchen, die mit Teig schießen?“, überlegte sie laut. Natürlich ahnte sie längst, wer hinter alledem steckte. Egon Krumpfling! Dass der gerade mit hängenden Ohren unter der Standuhr hockte und vor Bedauern und Mitleid fast zerfloss, ahnte sie allerdings nicht.

„Tollwütige Eichhörnchen?“, wiederholte Tom schmunzelnd. „Ich tippe eher auf ein paar Lausbuben, die Steinschleudern in ihrem Reisegepäck haben …“
„Was ist das nur für ein Tag heute!“ Frau Brettschneider rümpfte die Nase. „Götz, wenn ich nicht gerade gelernt hätte, dass Schweine keine Ferkel sind, dann würde ich sagen, du riechst wie eines! Du brauchst dringend frische Kleider!“
Götz nickte verlegen. Seine frechen Sprüche waren ihm offensichtlich vergangen! Er bekam anstelle seiner stinkenden Kleider einen Arbeitsoverall und viel zu große Turnschuhe von Tom und wurde dann wieder nach draußen geschickt.

Man konnte das Gelächter
der anderen Kinder
über diese Ausstattung
bis in die Stube hören.
Aber selbst darüber konnte Albi
nicht einmal lächeln.

# Das Trostgeschenk

Egon saß derweilen unter der Standuhr und führte flüsternd Selbstgespräche.
„Albi ist sososo trauerig, weil er nun abgeholt wird und nicht reiten darf! Was bist du nur für ein Unglücksuhu, Egon Krumpfling!“ Er tippte sich mit der Zeigekralle auf die Schnauze und schielte. „Das ist alles deine Schuld. Du musst das wiedergutmachen. Aber kannst du das?“

Egon kratzte sich
hinter den Löffelohren.
Wie sollte er
seinen traurigen Freund
wieder fröhlich machen?
Wenn er sich nicht einmal
zeigen durfte,
weil so viele Menschen
im Zimmer waren.

Während Egon sich den Pelz raufte, hörte er Toni leise zu Tom sagen: „Die Mutter des Jungen ist bereits losgefahren, um ihn abzuholen. Er tut mir so leid! Hast du nicht eine Idee, was wir ihm zum Trost schenken könnten?“

„Eines unserer Tierbücher vielleicht?“, schlug Tom vor. Toni schüttelte den Kopf. „Nein, da hat er bestimmt schon viele, so gut wie er sich auskennt. Es muss etwas ganz Besonderes sein …“

Ein Trostgeschenk? Egon reckte den Kugelkopf. Das war mal eine krumpfgute Idee! Auch wenn es nicht seine gewesen war. Aber er, Egon Krumpfling, wusste sofort, was das allerbeste Trostgeschenk für seinen allerliebsten Freund sein würde! Da musste er keinen Regenwurmrülpser lang nachdenken.

Er musste es den beiden Bauern nur klarmachen, ohne dass er sich ihnen zeigte. Aber da hatte Egon sofort eine Idee …

Der kleine Krumpfling wuselte aus dem Wohnzimmer in den Hof. Er achtete kaum auf Albis Klassenkameraden, die um den langen Tisch saßen und Brotlaibe formten.

Dass Götz etwas abseits von allen hockte und ein missmutiges Gesicht zog, freute ihn im Vorbeisausen allerdings doch. Über die Obstbaumwiese rannte er zum Kaninchengehege. Mit einem Satz hopste er auf die Tür, zog den Riegel zurück, hopste zurück auf den

Boden und schob die Tür etwas auf. Dann marschierte er direkt ins Gehege und suchte Albis Lieblingskaninchen. Das Dunkelgraue mit den weißen Flecken. Es war leicht zu erkennen! Mümmelnd kaute es ganz in der Nähe vom Eingang an einem Gänseblümchen. Egon überwand seine Angst vor ihm und stupfte es mit der Pfote am Popo.

„Los, du Nagezahn, lauf zur Türe, hoppel hopp!“, sagte er. Das Kaninchen mampfte einfach weiter. „Was bist du doch für ein eingefaltetes Wesen! Aber für meinen Albi werde ich dein dummes Gemummel ertragen!“

Egon versuchte das Kaninchen zur Tür zu schieben. Es bewegte sich nicht. „Kapierst du denn gar nichts, du Doofnase? Wir zwei haben es eilig!“, schrie Egon. „Wir müssen die Bauern überzeugen, bevor sie sich ein anderes Trostgeschenk ausdenken!“

Seine Worte blieben ohne Wirkung. Da nahm er all seinen Mut zusammen, kletterte auf den Rücken des Kaninchens und packte beide Ohren. Diesmal funktionierte es. Das Kaninchen ließ das Gänseblümchen fallen und hoppelte los! Tatsächlich gelang es dem Krumpfling, es dabei zu lenken, indem er vorsichtig die Ohren zog: aus dem Gehege hinaus, über die Wiese bis zum Wohnhaus. Dabei achtete Egon darauf, einen Bogen um Albis Mitschüler zu machen. An der

Eingangstür zum Wohnhaus zögerte das Kaninchen. Doch Egon klopfte mit den Füßen gegen seine Flanken.

„Hüa-hotti Karotti!
Geradeaus und linksrechtsrum!“
Das Kaninchen gehorchte.
Egon war der geborene Reiter!
Er lenkte das Kaninchen
in die Bauernstube.

„Bist ja doch ein braver Bömmelpömmel!“, lobte er sein Reittier leise, sprang ab und verschwand so unauffällig in der Standuhr, wie er kurz zuvor herausgekommen war.

# Kaninchen gut, alles gut!

Lulu entdeckte das Kaninchen als Erste. „Guckt mal, Albi bekommt Krankenbesuch!“, rief sie.
Das Kaninchen näherte sich schnuppernd dem Sofa.
„Ja so was!“, rief Toni. „Wie ist der Ausreißer denn aus dem Gehege gekommen?“

Albi streckte die gesunde Hand nach dem Kaninchen aus und sagte lachend: „Du bist doch das süße Kerlchen, das ich vorhin gestreichelt habe.“

Das Kaninchen ließ sich von ihm zwischen den Ohren kraulen.
„Albi lächelt wieder“, sagte Frau Brettschneider erleichtert. „Dieser Mümmelmann bekommt von mir eine Eins mit Stern für Krankenpflege!“
Egon beobachte aus seinem Versteck, wie Tom Toni ein Zeichen gab. Der nickte und hob das Kaninchen zu Albi aufs Sofa.

„Tom und ich möchten
dir den kleinen Mümmel hier
gerne schenken.
Ganz offensichtlich
wollte er ja zu dir!“

Als Egon das hörte, muss er sich mit beiden Pfoten das Maul zuhalten, um nicht laut loszujubeln. Sein Plan hatte funktioniert!
„Das wäre zu schön!", sagte Albi und nahm das Kaninchen zärtlich in beide Arme. „Aber Mama wird mir kein Haustier erlauben. Sie sagt, dass man für ein Tier Verantwortung übernehmen muss und sie nicht weiß, ob ich das schon kann."
Toni zwinkerte Albi zu. „Na, wir werden ja sehen! Vielleicht können wir deine Mutter davon überzeugen, wie verantwortungsvoll ihr Sohn mit Tieren umgeht!"

Sie konnten. Frau Artich hatte gegen Frau Brettschneider und die netten Bauern Tom und Toni keine Chance! Aber eigentlich mussten die drei auch gar nicht viel Überzeugungsarbeit leisten. Albis Mutter hatte sich nach dem Anruf der Lehrerin natürlich große Sorgen gemacht. Als sie nun ihren Sohn so putzmunter mit dem putzigen Kaninchen antraf, wollte sie gar nicht mehr Nein sagen!
Auf der Rückfahrt hielt Albi die ganze Zeit das Kaninchen auf dem Schoß. Sein Handgelenk tat kaum noch weh. Frau Artich hatte das Autoradio angemacht, hörte ein Violinkonzert und summte dazu. Egon saß in Albis Kapuze und flüsterte mit seinem besten Freund.

„Bist du jetzt nicht mehr so traurig?“, fragte er. „Obwohl du früher abfahren musst?“
„Was heißt hier traurig? Heute ist der zweitschönste Tag in meinem ganzen Leben!“, antwortete Albi.
Egon stutzte. Hatte er etwa das falsche Kaninchen in die Stube gelenkt? „Was war denn der allerschönste Tag in deinem Leben?“, wollte er wissen.

„Das war der Tag,
an dem ich dich,
Egon Krumpfling,
in der Gartenlaube
getroffen habe“, sagte Albi.
Er fasste mit der gesunden Hand
über die Schulter
zu seinem besten Freund
und kraulte ihm das Köpfchen.

Egon wurde himmelblau vor Freude. Es gab wirklich nichts Schöneres, als der beste Freund von Albert Artich zu sein. Und mit dem mümmelnden Langohr-Nagezahn würde er Albi zuliebe auch gut auskommen.

Außerdem konnte er krumpfwunderbar auf ihm reiten! Aber das wollte er seinem Freund lieber ein andermal erzählen. Also antwortete Egon nichts auf Albis Worte. Er nahm einfach Albis Daumen in die Pfoten und drückte ihn sanft.

# Das Krumpflingslied

Tief im Keller hinter Schachteln, Ramsch und Besen
leben heimlich kleine grüne Wuschelwesen.
In eine Ecke, in die niemals jemand schaut,
haben sie sich ihre Krempelburg gebaut.

**Guck genau hinein –**
**was mag da alles sein?**

Krumpflinge machen Unsinn, stiften Streit.
Krumpflinge! Und Egon Krumpfling ist nicht weit.
Ein kleiner Außenseiter mit dem Herz am rechten Fleck,
geht auf Abenteuerreise, trägt die Neugier im Gepäck.

Rüsselnase, Dummkopf, Brotz und Stinktierzeh –
aus Menschenschimpfe brühen sie sich feinen Tee.
Ist das Essen schimmlig, wird kein Krumpfling maulen
und beim Löffelhockey dürfen alle foulen!

**Schau genauer hin –**
**wer wohnt in der Krumpfburg drin?**

Die Krumpflinge machen Unsinn, stiften Streit.
Die Krumpflinge! Und Egon Krumpfling ist nicht weit.
Ein kleiner Außenseiter mit dem Herz am rechten Fleck,
geht auf Abenteuerreise, trägt die Neugier im Gepäck.

Oma Krumpfling ist ihr oberster Bestimmer,
sie hat meistens Recht …

„Nicht meistens – sondern IMMER!“

schickt den Dusselkurt mit dem Müll nach oben,
schimpft unsern Egon, kann nur Schleimer Schorschi loben.

„Ich bin ja auch dein Liebling, Oma, gell?!“

**Willst du sie gern alle seh'n?**
**Dann musst du in den Keller geh'n!**

Die Krumpflinge machen Unsinn, stiften Streit.
Die Krumpflinge! Und Egon Krumpfling ist nicht weit.
Ein kleiner Außenseiter mit dem Herz am rechten Fleck,
geht auf Abenteuerreise, trägt die Neugier im Gepäck.

Willst du unser Lied gerne anhören? Hier kannst du mitsingen:
soundcloud.com/hoerverlag/roeder-krumpflings-lied

## Egon Krumpfling zu Besuch bei seiner Autorin Annette Roeder...

Egon: Hallo, Autorin! Albi ist übers Wochenende bei seiner Tante in München. Da hab ich die Mitfahrgelegenheit genutzt, um mal bei dir vorbeizuschauen. Schließlich hast du mich ja erfunden und bist so etwas wie meine Mama!

Annette: Das ist ja nett! Leider habe ich keinen Krumpftee zu Hause. Aber magst du etwas zu essen? Vielleicht finden wir in der Obstschale eine schimmlige Zitrone.

Egon: Hm, lecker, richtig schön grünblaustaubig! (sieht sich um) In deinem Häuschen schaut's ja lustig aus, alte Möbel und viele Bilder an den Wänden. Ein bisschen wie bei Vogelsangs. Aber was ist das? Ein HUNDEKÖRBCHEN! Igitt!

Annette: Das gehört Karli. Meine Kinder sind gerade mit ihm Gassi.

Egon: Da habe ich ja Glück gehabt! Obwohl ich deine Kinder ganz gerne kennengelernt hätte. Helfen die dir eigentlich beim Geschichtenausdenken?

Annette: Klar! Ohne die drei wäre ich aufgeschmissen. Wenn ich nicht weiterweiß, frage ich einfach einen von ihnen. Die haben immer lustige Einfälle.

Egon: Soll das heißen, unsere Krumpfburg ist nur erfunden und das ganze Gerümpel gibt es gar nicht in Wirklichkeit? Darf ich mal deinen Keller sehen?

Annette: (wird rot) Ähm. Ich glaube, die Kinder kommen bald mit dem Hund zurück. Vielleicht ist es besser, wenn du jetzt wieder gehst … (schiebt Egon Richtung Tür) Besuch mich doch bald wieder … und grüß mir Oma Krumpfling!

Egon: Mach ich. Kannst du mir den Rest der Zitrone einpacken? Die ist wirklich lecker!

„Schaut mal, was ich
schon alles erlebt habe:
Lauter krumpfgute Abenteuer!
Viel Spaß beim Lesen!
Euer Egon“

(ISBN 978-3-570-15858-0)

(ISBN 978-3-570-15859-3)

(ISBN 978-3-570-17090-8)

(ISBN 978-3-570-17123-3)

(ISBN 978-3-570-17262-9)

(ISBN 978-3-570-17284-1)

(ISBN 978-3-570-17344-2)

(ISBN 978-3-570-17395-4)

(ISBN 978-3-570-17477-7)

(ISBN 978-3-570-17598-9)

(ISBN 978-3-570-17526-2)

Erst ich ein